就愛賴在一起

Tu & Ted 呆萌日記

丘漢林、李躍一著

寫在《就愛賴在一起》之前

夜晚的水泥森林在色彩繽紛的霓虹燈下格外豔麗，透過掛滿雨滴的公車車窗看出去五彩斑斕。

這城市真大啊！大到每天忙碌生活而忘記欣賞身邊的景色，沒時間關心自己和問候家人。

這城市真小啊！小到每天像是被困在一格一格的方塊中，走著固定的路線，重複著相同的動作。

我們的臉上有多久沒有發自內心的笑容了？創作 Tu & Ted 是希望給每天匆匆忙忙的人們一點點慰藉和歡樂。在公車、捷運上，或是休息的時候，翻看《就愛賴在一起》可以輕鬆地會心一笑。

Tu & Ted 四格漫畫 2018 年 3 月開始在 Instagram、Facebook 和 Webtoon 連載，溫馨、搞笑或黑色幽默的情節，受到很多朋友的喜愛，正如我們創作之初的希望，為更多人帶來生活上的溫暖和力量；而親愛的讀者朋友，你們也同樣溫暖著我們，持續為我們帶來了努力創作的能量。

在社群媒體上，Tu & Ted 獲得了數十萬計的粉絲青睞，同時被世界各地的多家媒體轉載、報導。很幸運也很開心，我們的作品在連載一年後有機會出版，衷心感謝大家的支持和喜愛。

世界很大，和你賴在一起，真好呀！

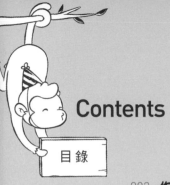

Contents

目錄

PART.2
異想天開

PART. 3
這一定有什麼誤會

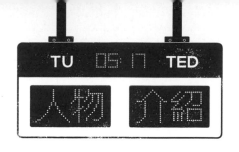

TU 吵门 TED

人物 介紹

這是 TU

TU 是一隻長得很
像毛球的兔子，
個性內向，喜歡
跟著 TED 的腳步
看世界。

這是 TED

TED 是天生半紅半白
的北極熊，個性敦厚
善良，喜愛胡蘿蔔。

他們是自小認識的好朋友，
從小到大身邊總是出現很多
千奇百怪的人、事、物。今
天會遇到什麼事情呢？

PART **1**

··

友情萬歲

施與受 2

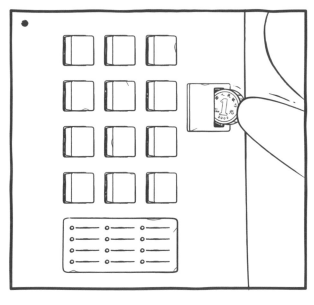

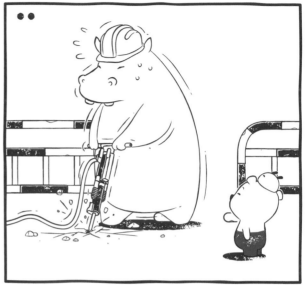

修路叔叔2

就愛賴在一起

放風箏

打掃房間

冰淇淋

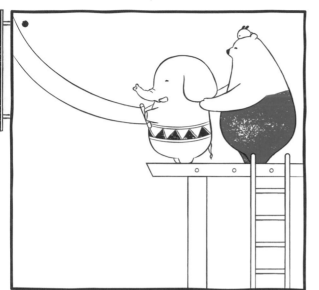

就愛賴在一起

我要吃蘋果

跳繩

全家福

新玩具

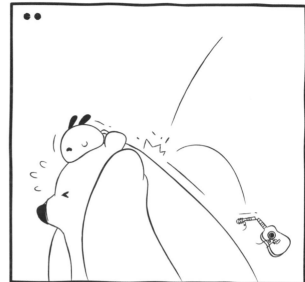

追追追

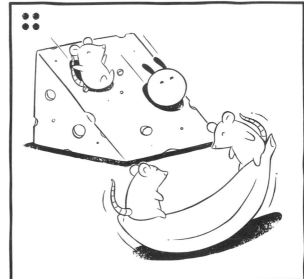

美食當前

來打籃球

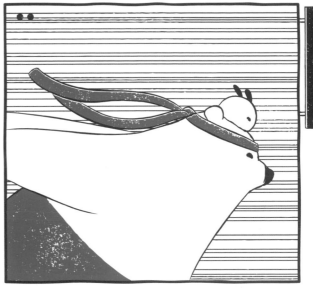

激戰
2

小偷

冠軍拋高高

我也要高高

PART 2

異想天開

雪上滑板

飛盤樂

就愛賴在一起

酷熱夏天

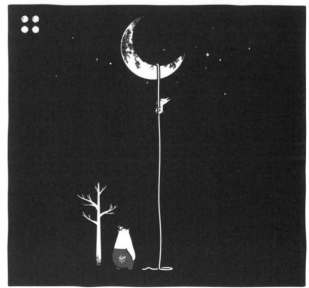

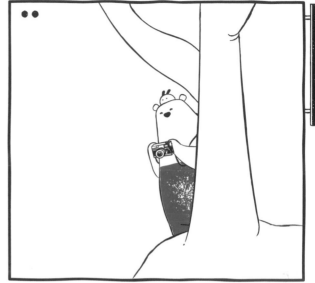

夏日綿羊

熱愛自拍

期待春天

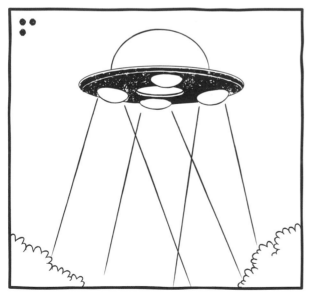

熱騰騰

就愛賴在一起

觀星

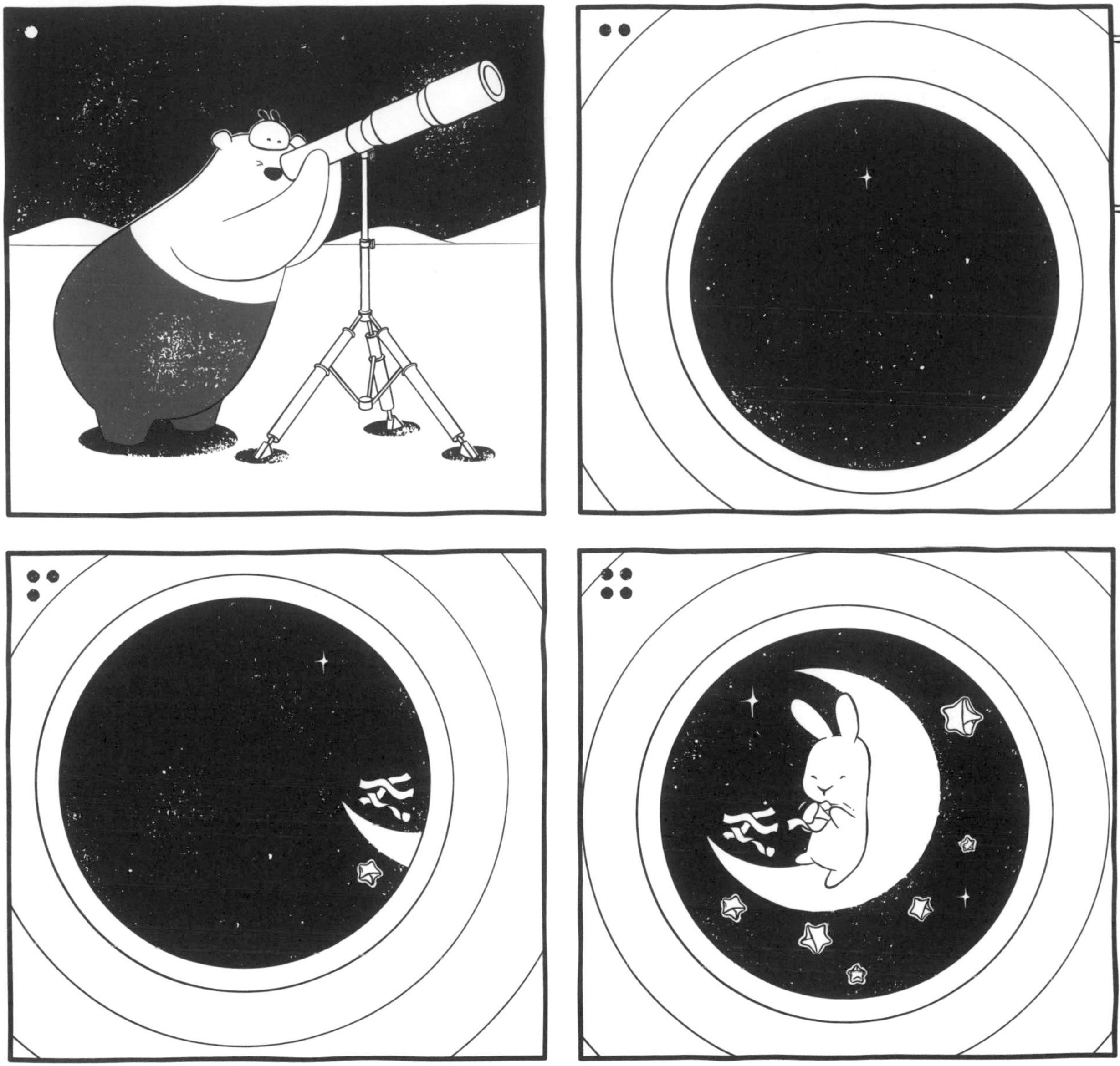

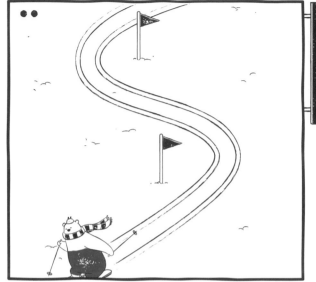
滑雪
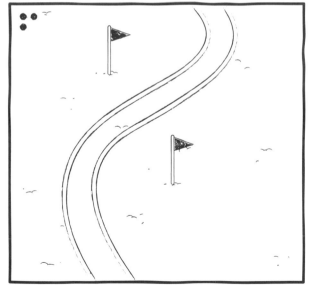
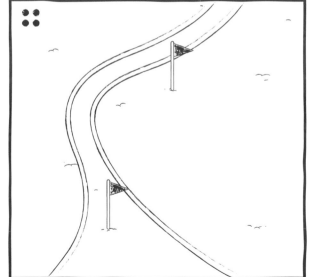

電鰻

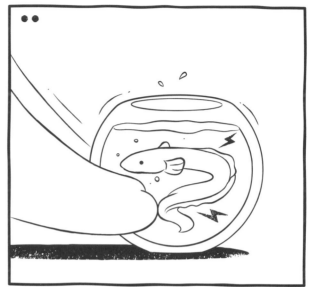

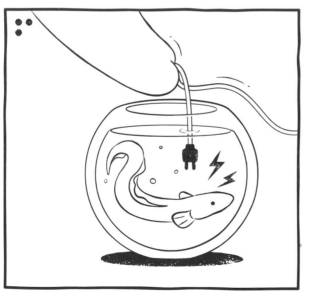

就愛賴在一起

星際旅行團
$23,000

灌籃

就愛賴在一起

日落

用力過度

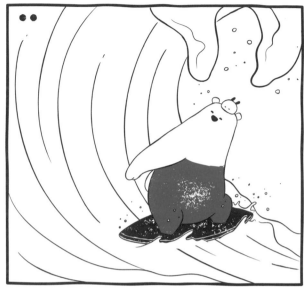

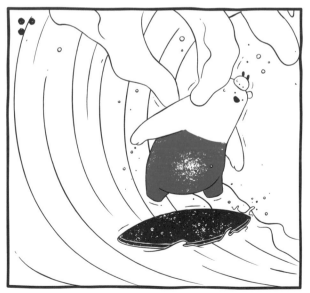

禁止衝浪

就愛賴在一起

我是鬼

發現溫泉

這一定有什麼誤會

冬季風暴

POLYSTYRENE
BEADS

逃生

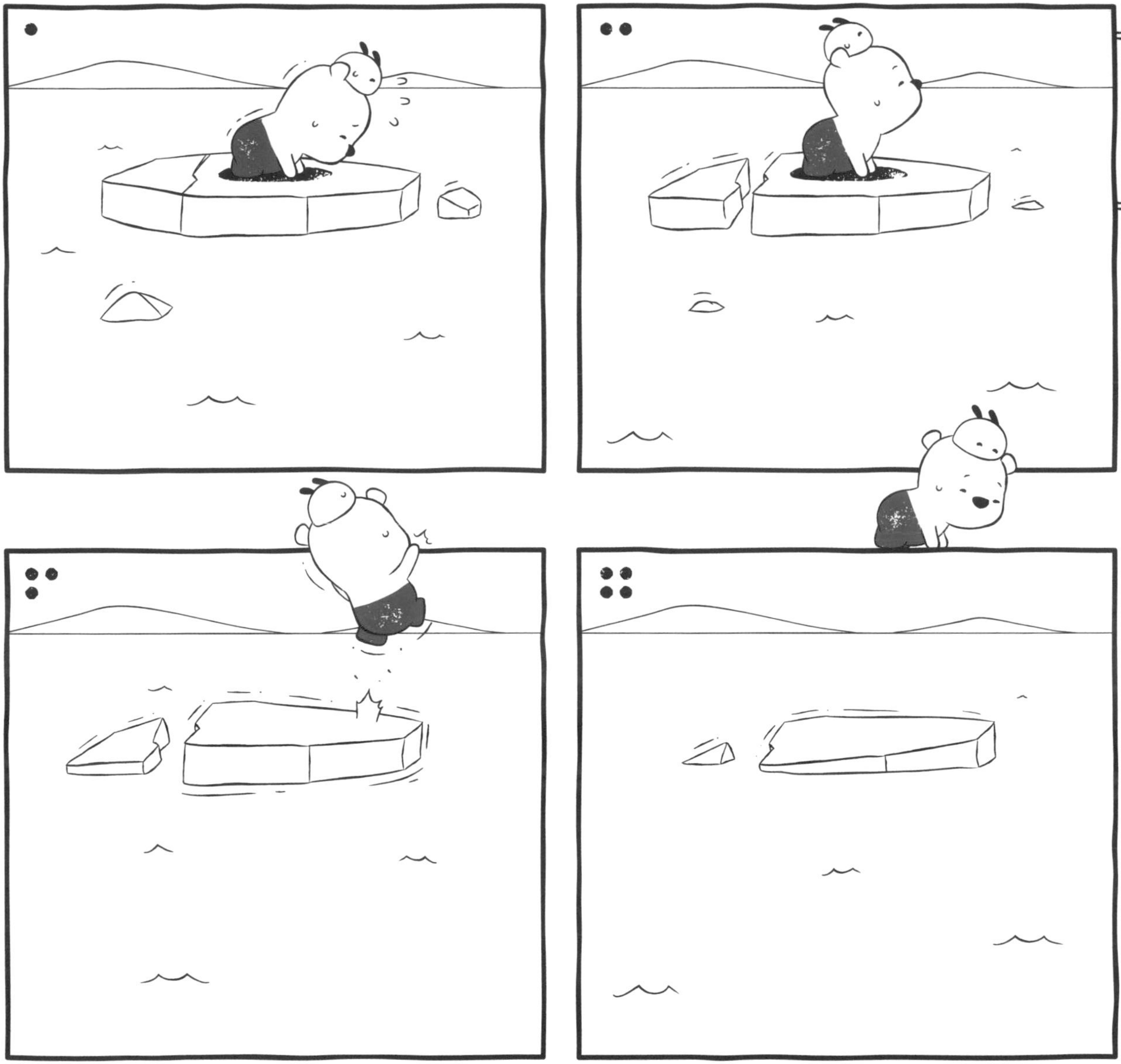

天賦異稟

等候

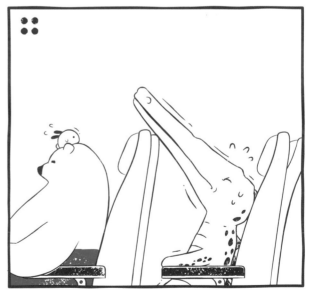

抽象畫

溜冰鞋

安全區

擠牛奶

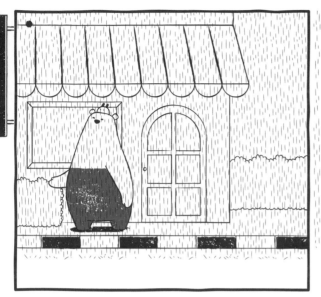

豬有三急

就愛賴在一起

滑板

就愛賴在一起

遠走高飛

過
山
洞

釣魚

章魚襲擊

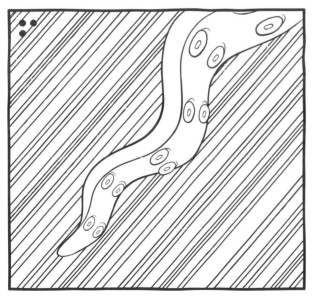

高臺跳水

就愛賴在一起

口渇

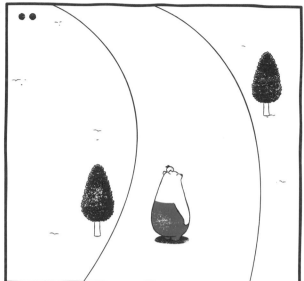

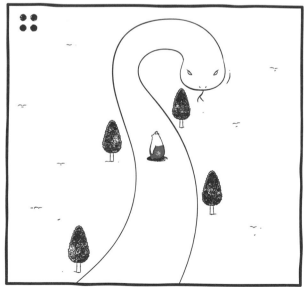

飛越黃河

$1 三隻

一桿進洞

大工程

Fun系列 058

就愛賴在一起：Tu & Ted呆萌日記

作　　　者——丘漢林、李躍
主　　　編——邱憶伶
責任編輯——陳映儒
責任企劃——陳毓雯
美術設計——黃鳳君

編輯顧問——李采洪
發 行 人——趙政岷
出 版 者——時報文化出版企業股份有限公司
　　　　　　10803 臺北市和平西路三段240號3樓
　　　　　　發行專線——(02)2306-6842
　　　　　　讀者服務專線——0800-231-705・(02)2304-7103
　　　　　　讀者服務傳真——(02)2304-6858
　　　　　　郵撥——19344724時報文化出版公司
　　　　　　信箱—— 臺北郵政79～99信箱
時報悅讀網——http://www.readingtimes.com.tw
電子郵件信箱——newstudy@readingtimes.com.tw
時報出版愛讀者粉絲團——http://www.facebook.com/readingtimes.2
法律顧問——理律法律事務所　陳長文律師、李念祖律師
印　　　刷——勁達印刷有限公司
初版一刷——2019年5月17日
定價——新臺幣320元（缺頁或破損的書，請寄回更換）

時報文化出版公司成立於1975年，
1999年股票上櫃公開發行，2008年脫離中時集團非屬旺中，
以「尊重智慧與創意的文化事業」為信念。

就愛賴在一起:Tu & Ted呆萌日記 / 丘漢林, 李躍著.
-- 初版. -- 臺北市 : 時報文化, 2019.05
　　面；　公分. -- (FUN系列 ; 58)
ISBN 978-957-13-7801-5(平裝)

855　　　　　　　　　　　　　108006146

ISBN 978-957-13-7801-5
Printed in Taiwan